W0366366

COCO

BOL

ABRICOT

PLACARD

PRUNE

BRAS

BANANES

CRÊPES

FENÊTRE

FUMÉE

LIVRE

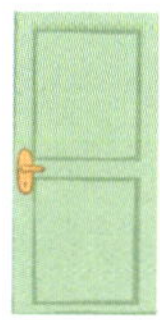
PORTE

PLAT

POMME

SUCRE

LILI

FARINE

TOMATE

JE LIS EN MATERNELLE

L'ÉCOLE DES PANDAS

Vive la cuisine !

Textes de Déborah Mirabel (histoire et activités de lecture)
et Dominique Butet (gestion des émotions)
Illustrations de Vayounette

AUZOU
éducation

MONTRE LES LETTRES R O A P.

V F
R
N
G
L O
I B
S
A
P

LIS LES LETTRES SUIVANTES.

N T B O U L S M E

DANS QUELS MOTS ENTENDS-TU LE SON [A], COMME DANS PAPA ?

LILI

TARTE

PÂTE

SOL

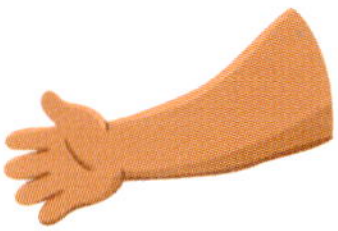
BRAS

MONTRE LES SONS QUE TU ENTENDS DANS LES MOTS.

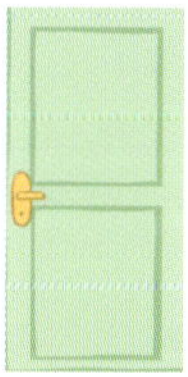
P I L

F O I

T R V

O N P

IL MANQUE LA PREMIÈRE LETTRE DE CHAQUE MOT ! INDIQUE LA PREMIÈRE LETTRE DES MOTS.

...ÊTE

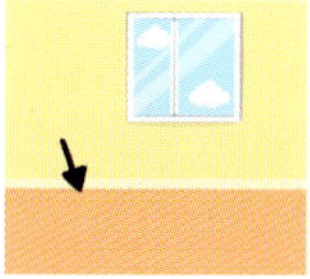
...OL

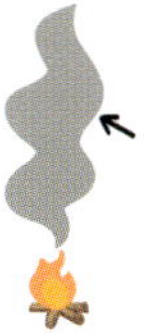
...UMÉE

...BRICOT

ENTRAÎNE-TOI À LIRE LES SYLLABES LENTEMENT.

F	U	FU	P	A	PA
fff	uuu	fffuuu	p’	aaa	p’aaa

R	I	RI	S	U	SU
rrr	iii	rrriii	sss	uuu	sssuuu

TROUVE LA PREMIÈRE SYLLABE DES MOTS.

SUCRE

JUPE

TOMATE

PAPA

ENTRAÎNE-TOI À LIRE LES SYLLABES.

TO MA NE JU LI

PO BLE CO TE TA

ENTRAÎNE-TOI À LIRE LES MOTS DE L'HISTOIRE.

LILI

PAPA

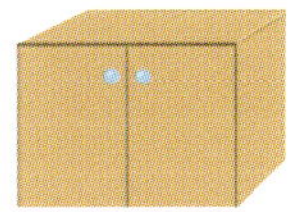
PLACARD

POMME

TABLE

SABLE

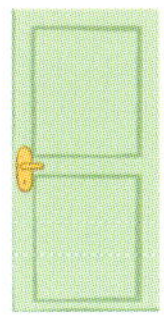
PORTE

FENÊTRE

PLAT

COCO

CRÊPES

BOL

PRUNE

TÊTE

LIVRE

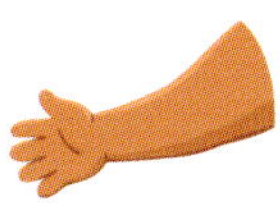
BRAS

JUPE

BANANES

FARINE

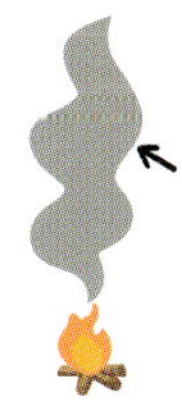
FUMÉE

Lili et Papa veulent faire une  pour le goûter.

TARTE

Papa sort le  de cuisine et lit la recette :

LIVRE

– Il nous faut du sucre, de la farine...

Lili file vers le 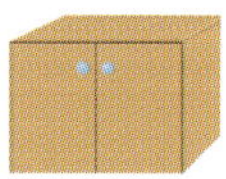 et sort les ingrédients.

PLACARD

BAMBOU Recettes 1
BAMBOU Recettes 2
Biscuits
SUCRE

Tout est prêt pour faire la pâte. Lili se réjouit :

– Nous allons faire une tarte aux  ABRICOTS !

– Et pourquoi pas aux  PRUNES ? propose Papa.

Lili hésite, Maman préfère-t-elle les  POMMES

ou les  BANANES ?

C'est difficile de choisir.

SUCRE
FARINE
FARINE

Papa et Lili commencent à préparer la 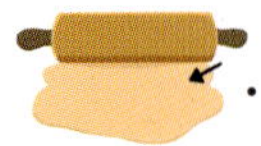 .

PÂTE

Dans un grand  , Lili verse du 

BOL SUCRE

et le mélange avec du beurre.

Puis, Papa ajoute un œuf.

– J'ai un peu mal au  ! rit Lili.

BRAS

FARINE
FARINE
SUCRE

Papa lit la recette et annonce :

– Maintenant, tu dois ajouter la 
FARINE
dans le .
BOL

Oups, Lili a appuyé trop fort sur le sachet

et a plein de farine sur sa  et sa  !
JUPE TÊTE

– Je ressemble à un ours blanc, s'amuse Lili.

FARINE

Lili se concentre pour verser la farine,

mais elle tombe de nouveau sur la  TABLE,

et même sur le 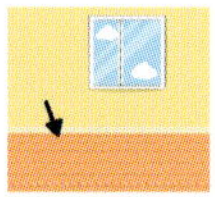 SOL !

– Ce n'est pas grave, rassure Papa,

je vais chercher des tabliers et un balai.

Une fois habillés, Lili et Papa terminent la pâte.

– Elle ressemble à du  SABLE, on l'appelle

une pâte sablée, explique Papa.

FARINE
CHEF
PAPA
LILI

Lili ouvre la 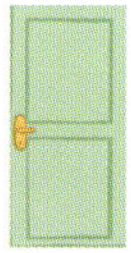 du réfrigérateur.
PORTE

Papa met la pâte à côté des  .
TOMATES

– Maintenant petite pâte, tu vas faire

une petite sieste, tu dois te reposer ! dit Lili.

 aide Papa à ranger les ingrédients
LILI

et nettoie la 

qui est tombée.
FARINE

CONFI
CONFI
BAMBOU

Quand la pâte est reposée, Lili l'étale

sur la  avec un rouleau.

TABLE

Soudain, elle a une idée :

– Et si on faisait des mini  ?

TARTES

 va chercher les petits moules.

LILI

Papa coupe tous les fruits en petits morceaux.

FARINE

– Nous allons préparer plein de tartelettes !

rit Lili.

Il y aura une  TARTE à la  BANANE,

une tarte aux  PRUNES et une tarte aux  ABRICOTS.

Quand tout est prêt, Papa met les tartelettes

au four.

Lili
Li
LiLi

LILI

s'assoit dans la cuisine et regarde par la

FENÊTRE

en attendant la cuisson des tartes.

Snif, snif !

Lili sent une drôle d'odeur. Elle appelle :

– Papa, Papa ! De la

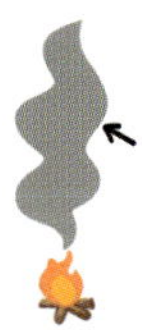
FUMÉE

sort du four !

LiLi

 sort les  du four.

PAPA TARTES

Ouf, elles sont juste dorées.

Papa les pose sur un joli .

PLAT

Lili ajoute de la noix de  sur le dessus.

COCO

Miam, elles ont l'air bonnes !

LiLi
LiLi
COCO
PANDA
PANDA

Maman, Papa et Lili s'installent autour de la 

pour déguster les bonnes tartes.

Tout le monde se régale !

Quand les assiettes sont vides, 

s'exclame :

– C'était délicieux ! Et si demain, on faisait

des 

?

JOUE AVEC LES SYLLABES. RÉPÈTE CHAQUE MOT EN SUPPRIMANT LA SYLLABE COLORIÉE.

EX. : PANDA → JE DIS « DA »

BANANE

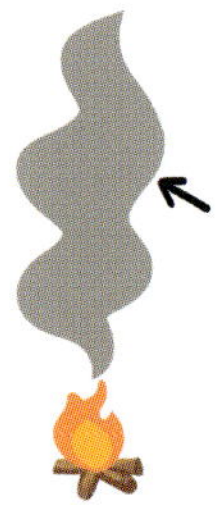

FUMÉE

ABRICOT

LIS CHAQUE MOT, PUIS MONTRE LES MOTS IDENTIQUES.

BRAS	sarb	bras
	rbas	bras
JUPE	puje	jupe
	JUPE	jepu
SABLE	sable	balse
	sable	selba
TARTE	terta	tarte
	TARTE	rattre

LIS LES MOTS ET RELIE-LES AU DESSIN CORRESPONDANT.

TABLE

COCO

PRUNE

LIVRE

LIS LES MOTS DE L'HISTOIRE.

PAPA	BOL	FARINE
LILI	TOMATE	POMME

LILI A EU UNE JOURNÉE RICHE EN ÉMOTIONS, TOI AUSSI !

VOICI L'ÉMOMÈTRE DE LA JOIE, COMME UN THERMOMÈTRE, IL MESURE NOTRE JOIE.

MONTRE L'IMAGE OÙ LILI EST SOURIANTE, PUIS CONTENTE ET ENFIN JOYEUSE.

SOURIANTE

CONTENTE

JOYEUSE

DE PLUS EN PLUS DE JOIE !

Relisez l'histoire en observant la joie de Lili qui augmente au fur et à mesure de l'histoire jusqu'à ce que toute la famill se régale, sommet de la joie !

LA JOIE EST UNE ÉMOTION UTILE QUI NOUS DONNE DE L'ÉNERGIE POUR CRÉER, DESSINER, DANSER ET ALLER VERS LES AUTRES...

MES MOMENTS DE JOIE

QUAND TU ES JOYEUX, QU'AS-TU ENVIE DE FAIRE ?

L'ÉCOLE DES PANDAS

RETROUVEZ DE NOUVELLES HISTOIRES DANS LA COLLECTION JE LIS EN MATERNELLE

© 2023, éditions Auzou
24-32 rue des Amandiers, 75020 Paris – France
Tous droits réservés pour tous pays.

Loi n°49-956 du 16 juillet 1949 sur les publications destinées à la jeunesse, modifiée par la loi n°2011-525 du 17 mai 2011.
Dépôt légal : mars 2023.
Imprimé en Lettonie. Printed in Latvia.

LILI

PAPA

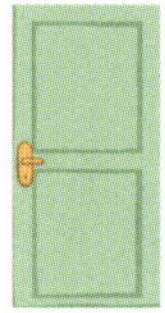

PORTE

SUCRE

FARINE

FENÊTRE

TOMATE

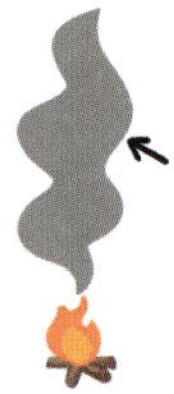

FUMÉE

PÂTE

SOL

TABLE

TARTE

LIVRE

JUPE

TÊTE

POMME

SABLE

PLAT